颪の楯

Yamashita Yuriko

山下由理子句集

ふらんす堂

目次

山の色　二〇〇七年～二〇〇九年　5
手の平　二〇一〇年～二〇一二年　39
波模様　二〇一三年～二〇一五年　69
始まり　二〇一六年～二〇一八年　101
遊び紙　二〇一九年～二〇二一年　131
瑠璃沼　二〇二二年～二〇二三年　165

あとがき

山下由理子句集

風の楯

山の色

二〇〇七年～二〇〇九年

薄氷の縁の鋭く日を返す

白鳥の引ける鋼の翼かな

遠き木のひかりをまとひ涅槃の日

川風に流されながら揚雲雀

身をすべるやうに離るる春コート

踏めば水滲みさうなる春の土

五重塔ふところにして春の闇

岩を乗り越え艶やかな春の潮

藪椿海を隠して咲きにけり

断崖の明るさに満ち花菜畑

伐採の木の香八十八夜かな

一木を衣桁のやうに懸り藤

園丁の藍の地下足袋夏近し

まつ黒な温泉玉子春惜しむ

献血の真白きテント五月来ぬ

踝のふたつに夏の来たりけり

初夏や木々それぞれの葉をまとひ

葉桜や飯粒しづむ洗ひ桶

薔薇を切る鋏の音の澄みにけり

蜘蛛の囲のかなたに波の立ち上がる

くすり湯のぬるきに浸り桜桃忌

蛍の水面よぎれる火の強し

水面と反りを違へて蓮浮葉

天井の柾目を見上げ鮎の宿

郭公の声白雲のむかうより

峰雲やむんずと摑む地引網

早立や星を標の登山隊

登山道身を傾けてすれ違ふ

数珠かけて鬼灯市の売り子かな

足元にしまひの水を打ちにけり

ペン立ての鋏を抜くや日の盛

地に降りて命綱解く西日中

塩をふく島の石垣海紅豆

砂浜を削れる波も晩夏かな

止まれる雲なかりけり今朝の秋

足首に絡みたる波敗戦日

かなかなや絵馬にあまたの海難図

牛眠る牧舎へつづく花野みち

喪の膳を運ぶすり足露けしや

蓑虫の蓑ふるさとの山の色

月光や真珠の筏むき揃ひ

鶏頭の芯の芯まで赤かりき

澄む水や丈を違へて草の影

木犀の香をくぐり入る茶室かな

築山に立つや四方より秋の声

色鳥の午後の樹間を抜けにけり

初鴨の大きな声を交し合ふ

茶の花や沓脱ぎ石に日の当り

小春日や鍬を片手の修道女

まつ青な空につつまれ返り花

一輪の花に執して冬の蝶

熊手市熊手の壁の中通る

枯蓮の水を支へに立ち尽す

水たまり跨ぎて入る紙漉場

雪吊の檻めく影をよこぎりぬ

たたずめば風の的なり冬岬

霜の夜や抱きて均す羽根枕

立膝の膝をとりかへ注連作

動くものなき故郷の初景色

胸ぐいと風に突き出し梯子乗り

後退りしつつ囲みてどんどの火

探梅や湯気あげてゐる川向う

手の平

二〇一〇年〜二〇一二年

枝川の捨て湯の匂ひ寒戻る

神鶏の片足浮かす余寒かな

残る鴨水尾ながながと引きにけり

遥かなるものに呼ばれて揚雲雀

土いぢりせし疲れとも春夕べ

春の夜や弦にすべらす指の腹

まなぶたに触れて冷たき糸桜

肩車せむと膝つく桜東風

養花天甲板に旗垂れさがり

太幹に片手あづけて花疲れ

ゆつくりと緩める帆綱夕ざくら
囀の波のひびきに加はりぬ

白蝶の翅畳むときかげりけり

行く春やどう坐りても椅子軋み

山の端を雲が引き出す五月かな

初夏やペン先の金日を弾き

シスターの木綿の手提げ更衣

金環の目に赤はしり鯉のぼり

鈴蘭や卓のミルクの搾りたて

手の平でたたきて揃へ早苗束

身に余る鎌をかかげて子かまきり

何よりも正座楽なり夏衣

庭の木の広葉のそよぐ端居かな

足の先闇に垂らして涼みけり

込み合へる葉を突き抜けて蓮の花

沖をゆく雲の船団夏旺ん

水筒の底に水鳴る登山かな

ふりてとる指のしびれや山清水

満天の星に乾かす登山靴

山小屋の戸締り早し天の川

くろがねの鳥の文鎮涼新た

新涼や揺らしてさます蒸しタオル

踊り子のはにかむ笑みや笠の内

ひとり居の夜の文机露けしや

白花は蕊もまつしろ曼殊沙華
潮風に揺れて岬の草の花

秋茄子の紺に曇りのなかりけり

秋天や叩きては積む米袋

秋風や錨をもたぬ屋形船

石段のその上知らず暮の秋

黒塗りの物見櫓も冬に入る
石倉の石の門神の留守

譲ること多くなりけり木の葉髪

目の中の穏やかに澄み枯蟷螂

裏山を風の楯とし返り花

冬構へ瘤となるまで枝切られ

日本の福のあつまる熊手市

香木の百の抽斗雪もよひ

綿虫を追ふ目ゆつくり動きけり

霜の夜や色を重ねて万華鏡

波よりも低きところに浮寝鳥

粗壁の外の真闇や狩の宿

貴人のあせぬ黒髪歌かるた

琅玕の打ち合ふこだま初筑波

参道に杖のひびきて寒日和

凍雲を突くしろがねの避雷針

波模様

二〇一三年〜二〇一五年

太陽の暫し現はれ雪解村

春寒や布のおさへに裁ち鋏

川風が野焼のほのほ押し倒す

地虫出づ関東ローム層に穴

蹼の地べた歩きも春めきぬ

獣にも正座ありけり涅槃絵図

玻璃厚き回転扉霾ぐもり

三鬼忌や帽子の中に髪つぶれ

閉づるたび風に押されて蝶の翅

畳表にほふ八十八夜かな

初夏や爪切つて身の軽くなり

葉桜やだれも気にせぬ落し物

薔薇守の棘に囲まれ立ちゐたり

太柱拭きて祭の米たりけり

合流を拒む本流男梅雨

折りて消す腰の蚊遣火測量士

夜もすがら粉ひく水車火取虫

涼しさや機の織り出す波模様

浅草や簾へだてて人通り

運ばるる水に道あけ鬼灯市

噴水の風にあふられつつ上がる

白南風や駅のベンチに貝の殻

足少し濡らして戻る砂日傘

ことごとく椅子の下濡れ海の家

船虫の一糸乱れず逃げにけり

サーファーを支へ真白き波頭

人の影人に逃げこむ日の盛

ふたたびの法螺のこだまや山開

一人にも動くゴンドラ雲の峰

荷の結び確め合うて登山隊

立ち枯れの木が天をつく登山口

雪渓に憩ひぬ杖を深くさし

涼しさや山の水にて足すすぎ

むらさきは茎にも通ひ茄子の花

ラジオよりジャズの流るる瓜番屋

先急ぐ水は音たてて夏行くか

刈伏せの草の匂ひも盆間近

脚一本浮きてをるなり茄子の馬

傷あとのそのまま育つ南瓜かな

新涼や吸ひつくやうに箱と蓋

秋天へ撞木大きくはみ出せり

高館の雲乱れ飛ぶ月夜かな

秋風や鳳凰の舞ふ漆盆

遠くへはゆかぬ鶏豊の秋

足跡のふかぶか残り落し水

五能線りんごの樹間走りけり

立冬やまつすぐあがる飯の湯気

乗りきたる風をふりきり青鷹

鳰くぐる青き水輪を残しては
足指を開き子熊の立ち上がる

ざくざくと藁切りきざむ冬田かな

釣糸の宙を切る音冬ざるる

冬ざれや駅のはるかに旧市街

太々とロッジのけむり枯木星

行く年や螺髪をはらふ羽箒

石段の水漬きてゐたり年の果

みづからの重みに坐り鏡餅

鉄工所仕事始めの火の雫

雪女毛綱納めに来たりけり

探梅行磁石の針の定まりぬ

始まり

二〇一六年〜二〇一八年

凍解や末広がりの枝の影
みづかきの跡の重なる薄氷

紅梅や空のどこかで鳥の鳴き

長江や水温みつつ濁りつつ

蠟燭のたがひを照らす彼岸寒

ある限り星よまたたけ誓子の忌

忘れ物取りに鶯餅持つて

踵高き靴に履きかへ春の宵

休日は前髪あげて小米花
のどけしや土器投げに声の出て

漆黒の車出てゆく花の門

人込みの岸へ戻りぬ花見船

走り根に端を添はせて花筵

巡礼の手をあててゐる山桜

春風や細身のペンを胸にさし

渦潮の中に木つ端のごとき舟

巡礼やしばらく余花に手を合はせ

麦の穂のうねりの中の一軒家

青葦のひと群川を狭めけり

校章は舵のかたちや南吹く

白百合の香りを重ね献花台
人文字の跡形もなき夕立かな

峰雲のおのが力を御しきれず

突風の中や歩荷の仁王立ち

雪渓をゆく足元の外は見ず

すぐに火をほしき戸隠夏夕べ

流木を花壇の仕切り夏館

海の家小さき枕のゆき渡る

波を呑む遠泳の息継ぎの口
まばたきを忘れて覗く箱眼鏡

まちまちの日除を深く商店街

状差しの少し傾く日の盛

帰省子のギターの他は小さき荷

海原のごとき畳や昼寝覚

単線の駅の天竺牡丹かな

天空に座の定まりて揚花火

香ばしき焼おにぎりや今朝の秋

露けしや金色堂の覆堂

虫籠を編む一筋の朱を加へ

衆目の中の味見や芋煮会

ひと口の水をふふみて松手入

空の色いよいよ青し破れ蓮

本丸の跡をよぎれる草の絮

冬支度庭先はすぐ日本海

ごつごつと走る稜線冬に入る

冬めくや畳に踏まれざるところ

みんな目をつむる写真や冬ぬくし

ひと撒きの餌に崩れたる鴨の陣

木枯を行く包帯の指立てて

オホーツクの海鳴りを聞く耳袋

真二つに反古を裂きたる寒さかな

始まりの波を大きく紙を漉く

錦絵の葉書を買うて初芝居

初糶や白き長靴打ち揃ひ

降りしきる雪の速さのそろひだす
降る雪を遡りゆくエレベーター

遊び紙

二〇一九年〜二〇二一年

寒明の深き轍を跨ぎけり

側溝を流るる水も雪濁り

おほかたの杭の傾き雪解どき

空箱を次の間に積み雛飾る

鳥雲に崩落しるき切通し

舟通るたびに水漬きて蘆の角

花種選る店の暗さに目のなれて

包丁を叩いて使ふ木の芽晴

卒業の拳と拳合はせたる

開港のころの石垣風光る

沢水にすすぐ山葵の青さかな

青空を天蓋として山桜

来し方のとざされてゆく花吹雪

花冷の会津や太き絵らふそく

増えてゆくものに白髪花ぐもり
波ひきしところにひとつ桜貝

芍薬の莟やうやく色を見せ

母へ粥炊いて卯の花腐しかな

石段を潮の洗ふ夏まつり

水郷に夜明けを知らせ行々子

山並のふるさとに似て桑いちご

旧道のこれより難所ほととぎす

七月の雨にけぶれる烏帽子岩

青空も夜空も親し夏休

みんみんの声の震はす潦
くちなはの舌ひらひらと雨呼ぶか

客室に届く新聞明易し
銅鑼打つて船を見送る仏桑花

泡を抱く琉球ガラス夏旺ん

開きつつ月下美人は面上げ

登山靴乗せて一番電車混む

山の水より摑みだすラムネ瓶

おもむろに隣の木へと兜虫

満天の星に眠れぬキャンプかな

八月や雨に黒ずむ石畳

正座して畳む干しもの敗戦日

捨て水の鱗のひかる残暑かな

銀漢や道がつらぬく宿場町

石切場跡の空洞かなかなかな

ひぐらしの声の汀を歩みゆく

干物炙るほのほちりりと厄日かな

灯台に白さもどりぬ野分晴

足元に風湧きあがる花野かな

遠き灯に呼ばるる心地夕花野

椋鳥を礫と受けて日暮の木

虫しぐれ母を一人にして帰る

ひとり乗りリフトの膝へ草の絮

青空の奥処を得たる木守柿

秋の蠅馬のぬくみを離れざる

煮返しの鍋をゆすりて冬どなり

門のあけ閉めに零れて花柊
うすら日の白山茶花にとどきけり

小春日のページをめくる音乾き
赤き実をこぼしながらの雪囲

小粒なる秩父の柚子の柚子湯かな

突堤の白くなるほど冬かもめ

風呂吹に添へて吉野の杉の箸

数へ日の渋き紅茶を飲み干しぬ

門松の香のたちのぼる通り雨
仏壇にまづ手を合はせ年始客

読初やしろがね色の遊び紙

旅鞄にまで飛び来て波の花

通訳の少し早口室の花

書留で届くチケット春隣

瑠璃沼

二〇二二年〜二〇二三年

寒明の波音ひびく松林

春寒し眉を描くに前屈み

堤防の嵩上げ作業冴返る

梅林を日向の移りゆきにけり

頰を輝かせて五人囃子かな

遠目にも赤らむこずゑ大試験

会津嶺にまだ白きもの鳥帰る
白鳥の引きたる川の翳りかな

ひろうすのふつくらと炊け朝桜

春風や便箋を買ひ花を買ひ

クロークの札のひやりと春の宵

雨のたび森になじみてゆく巣箱

風を追ひかけて仔馬の走り出す

リラの雨煮炊きに窓を曇らしぬ

帆柱に鳥の吹かるる五月かな

まつ新なスコアブックを開き夏

ハンカチの木の花空を隠しけり

身の奥に何のさみしさ花は葉に

富士山の湧水育ちあめんぼう
梅花藻の花に屈みてぬらす指

せせらぎの濁ることなし花胡桃

目をつむることも祈りや夕若葉

ややや浮かせかけるアイロン走り梅雨

枇杷の実の熟れて明るき校舎裏

水の照り返しにまぎれ糸とんぼ

鳰の巣ものぞき水質調査舟

おとなしく子山羊の抱かれ青嵐

蛍の夜上がり框に腰おろし

瑠璃沼の辺にはづすサングラス

涼しさや草に吹き散る堰の水

片蔭の道譲り合ひ譲り合ひ

使ふたび萎えハンカチの花模様

通路にも椅子を並べて夏期講座

泳ぎ疲れてココ椰子の木の下に

木の橋のほのかな木の香夏夕べ

丁寧に折り込むシーツ夜の秋

かなぶんのぶつかる夜の硝子窓

二階より山を仰ぎぬ盆帰省

すぐに日の高くなりけり稲の花

喪服着て残暑の膝を揃へけり

台風圏部屋にインクの香の満ちて

秋出水乾かむとして泥にほふ

ふつくらと灯る曲り家けふの月

書見台据ゑ直したる良夜かな

小諸へと分かるる道や草の花

翅たたむとき秋蝶のかたむきぬ

天高し山毛欅の影白樺の影

母にまだ零余子の蔓を引く力

水の中にも団栗のたまる窪

剣道のすり足冬の来たりけり

風逃がす隙間を残し風囲

日当ると見れば陰る木冬めきぬ

ひと口の白湯に安らぎ十二月

山眠る銀貨のごとき日をかかげ

尻の土払ひて終はる日向ぼこ
かざす手のほかは暮れゐて夕焚火

雑踏を銘々に来て年忘

初富士のまばゆき雲を放ちけり

なじみたる頃になくしぬ革手套

雪の日は雪を映して壁鏡

あとがき

句集『風の楯』は、『野の花』に続く私の第二句集です。二〇〇七年から二〇二三年の「狩」および「香雨」に掲載された作品を中心に三五八句を収めました。

第一句集出版のころの私の俳句の楽しみは、若い時から好きだった山歩きや自然散策をしながら、そこで出会った景色や経験したことを句にすることでした。そして、一句の中に自然の息遣いを少しでも込めることができたとすれば、それが何よりの喜びでした。それは今も同じです。

長きにわたりお導きいただきました鷹羽狩行先生の「狩」が終刊になり、「香雨」で片山由美子先生のご指導をいただいております。由美子先生にはご多忙の中、句集名と帯文を賜りました。心より御礼申し上げます。

「香雨」で学び始めて間もなく、新型コロナ感染症によるパンデミックに襲われました。世の中が少し落ち着いたころ、由美子先生はいち早く、細心の注意を払いながら、対面の句会を再開してくださいました。句会に参加しているときだけが穏やかな心でいられる、唯一の時間だったように思います。本当に有難いことでした。句会の中で伺った、「人の心を打つのは日常の小さな発見。将棋の〈歩〉が〈と金〉になるように、些細なこと、一見つまらなく感じられることが、季語と出会って大きなこと、面白いことに変わる。それが俳句の楽しさ」、というお話が忘れられません。

日常の中に俳句の種を探し、その種を育んでゆくように句を作る作業は、「どう詠むか」ということの大切さを改めて考えさせてくれました。日々、新鮮な気持ちで俳句と向き合える喜び。ご指導くださいます由美子先生に、深く感謝申し上げます。

最後になりますが、いつも快く句会に送り出してくれる家族、これまでご指導くださいました諸先輩並びに句友の皆様に、心より御礼申し上げます。

五月二十七日、鷹羽狩行先生がお亡くなりになりました。この句集をご覧いただくことは叶いませんでしたが、これからも見守っていてくださると信じております。先生、ありがとうございました。

二〇二四年六月

山下由理子

著者略歴

山下由理子（やましたゆりこ）

1958年　福島県生まれ
1995年　「狩」入会
1999年　毎日俳壇賞
2001年　第23回狩座賞
2002年　「狩」同人　俳人協会会員
2007年　第一句集『野の花』上梓
2008年　第30回「狩」弓賞
2019年　「狩」終刊により「香雨」入会

現　在
「香雨」同人　俳人協会幹事　俳人協会埼玉県支部世話人

現住所
〒330-0052　さいたま市浦和区本太1-29-14

句集　風の楯　かぜのたて

二〇二四年七月二三日　初版発行

著　者——山下由理子

発行人——山岡喜美子

発行所——ふらんす堂

〒182-0002 東京都調布市仙川町一―一五―三八―二F

電　話——〇三（三三二六）九〇六一　FAX〇三（三三二六）六九一九

ホームページ　https://furansudo.com/　E-mail　info@furansudo.com

振　替——〇〇一七〇―一―一八四一七三

装　幀——君嶋真理子

印刷所——日本ハイコム㈱

製本所——㈱松　岳　社

定　価——本体二八〇〇円＋税

ISBN978-4-7814-1673-1　C0092　¥2800E